AF315144

JEAN CABOCHE

A SES AMIS LES PAYSANS

REVU

PAR

M.-L. GAGNEUR

Prix : 25 cent.

PARIS

ARMAND LE CHEVALIER, ÉDITEUR

RUE DE RICHELIEU, 61

1871

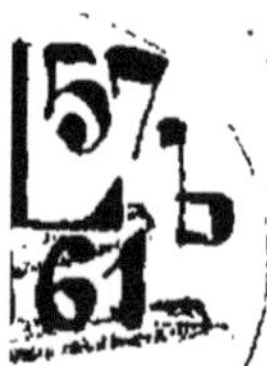

JEAN CABOCHE

A SES AMIS LES PAYSANS

(Revu par M.-L. Gagneur.)

Il faut vous dire d'abord ce que je suis, car vous ne me connaissez guère. Je ne suis qu'un homme du peuple, un paysan comme vous, sans prétention au beau langage. Ce que je sais, je l'ai appris tout seul, en prenant sur mon sommeil pour étudier. Toutefois, pour n'être pas un avocat, on n'en a pas moins quelque entendement. Et je vais vous raconter la petite victoire électorale que le paysan Caboche, avec son gros bon sens et son humble parlotte, remporta sur les matadors de sa commune.

On pense généralement dans nos villages que la politique est difficile à comprendre et d'ailleurs inutile, tandis que c'est, au contraire, la chose la plus simple et la plus importante. La politique, c'est tout bonnement la direction de nos affaires, c'est l'instruction de nos enfants, c'est la paix ou la guerre, ce sont les impôts, les chemins, c'est le choix de nos maires, de nos députés. M'est avis seulement que si l'on nommait à l'Assemblée moins de beaux parleurs qui ne servent qu'à tout embrouiller, et plus de gens solides et sensés, moins de royalistes, de richards qui ne songent qu'à sauver leurs écus, et plus de républicains dévoués à la cause du peuple, on pourrait s'entendre et fonder une bonne République.

Ce nom de Caboche qui peut-être vous fait rire, je le porte fièrement. C'est un sobriquet donné à mon grand-père, parce qu'il était fortement entêté dans ses opinions.

Mon grand-père était un révolutionnaire de 89, de cette grande révolution qui a tiré le pauvre peuple de France de l'oppression et de l'affreuse misère où le roi, la noblesse et le clergé le retenaient depuis tant de siècles.

Mon père Caboche, deuxième du nom, n'avait point dégénéré. Ce fut aussi jusqu'à son dernier souffle un bon républicain.

Quant à moi, qui ai sucé, comme on dit, l'amour de la république avec le lait, je suis un insurgé de 51, ou plutôt j'ai marché contre l'insurgé, le traître, l'usurpateur qui violait la constitution de la République, contre le despote aussi lâche qu'insensé, qui vient de plonger notre pays dans la dernière des hontes et des misères. Il faut ajouter que j'ai payé mon courage du bagne de Lambessa.

Voilà, mes amis, mes quartiers de noblesse, à moi. Vous voyez que je suis de bonne race, de la vraie race du bon peuple, de celui qui aime plus que sa propre vie, la liberté et la justice.

Donc, je suis républicain, non point par mécontentement du sort, car je suis riche pour un paysan. J'ai une vigne en bon rapport; un pré, ma foi! qui est un beau mouchoir à bœufs, comme on dit chez nous; un champ qui, bon an mal an, me rapporte ses cent mesures de blé; une maison avenante et bien montée; à l'étable, deux grands bœufs roux et une vache blonde comme le froment; et tout le monde vous dira que la Froumoine est la meilleure laitière de Neubourg, puisqu'elle nous fait six beaux gruyères tous les ans.

Ainsi je n'attends de la République ni emploi, ni argent, ni galon; mais je suis républicain, parce que je crois fermement que la République est le gouvernement du peuple, le seul qui puisse lui donner aisance, tranquillité et bonheur. Et cette opinion-là, je la garderai dans ma caboche jusqu'à la mort.

Aussi vous pouvez croire qu'auprès des bourgeois et des cagots de Neubourg, je ne suis point en odeur de sainteté, à preuve que le curé disait dernièrement en chaire : « Mes frères, nous avons le diable parmi nous. » Les saintes âmes ne s'y sont point trompées. Le diable, parbleu! c'est Caboche.

Donc, vous savez déjà que je suis de

Neubourg, un village qui ressemble à tous les villages du monde. Il y a là, comme partout, plusieurs partis qui ne s'entendent guère.

Ce sont d'abord les gens du curé, qu'on appelle aussi les gens du château ; car la sacristie et le château marchent toujours de compagnie. Ils ont avec eux, cela va sans dire, les chantres, les marguilliers, les paresseux qui vivent d'aumônes, les saintes Nitouches à langues de vipère, les hypocrites qui ont quelques vices à cacher sous le voile de la religion ; les peureux qui ne croient ni à Dieu ni au diable, mais qui se servent de Dieu comme d'un grand gendarme, et du diable, comme d'un croquemitaine pour garder leurs propriétés.

Sans doute, il y a de braves prêtres, bons et secourables, qui remplissent tranquillement leur mission de prier Dieu, et qui savent faire aimer la religion en pratiquant la vertu et la tolérance; mais il y en a d'autres qui se regardent tout de bon comme les représentants de Dieu sur la terre, et qui, à ce titre, veulent tout régir et dominer. Ce sont de vrais petits despotes dans leurs paroisses, se mêlant de tout ce qui ne les regarde pas ; des affaires des particuliers comme des affaires de la commune.

Ainsi est le curé de Neubourg, intrigant, dominateur, violent, vindicatif. Son rêve, comme celui de tous les curés et de tous les nobles, c'est de nous ramener Henri V, c'est-à-dire l'ancienne royauté, où nobles et curés avaient le haut du pavé et où le pauvre peuple ne comptait que pour payer l'impôt.

Il y a, en outre, à Neubourg, le parti de M. Maujars, autrement dit des ventrus. Il est bon de vous dire qu'à Neubourg, comme au temps de Louis-Philippe, on appelle communément des ventrus les gros bourgeois bien emmitouflés dans leur égoïsme, c'est-à-dire vivant comme les escargots dans leur coquille, passant leur vie, le dos au feu, le ventre à table, sans se soucier du pauvre monde. Ceux-là s'appellent entre eux les *honnêtes gens*. Ce qui ne veut pas dire toutefois que tous les bourgeois, même à Neubourg, soient des ventrus. On y trouve, comme partout, des bourgeois justes et raisonnables qui veulent le bien en conscience et compâtissent aux misères du peuple ; mais ceux-là, le peuple les connaît bien.

Cependant M. Maujars ne peut se résoudre à être tout bonnement bourgeois, propriétaire et ventru. Il veut être quelque chose. Donc, c'est le candidat sempiternel; candidat au conseil municipal, au conseil général, à la députation. Qu'at-il fait pour gagner notre confiance ? Il a aimé, adoré, engraissé son ventre. Et quel ventre ! Il en ferait dix comme le mien ; il est vrai qu'il a bien mangé dix fois plus. Il a aussi arrondi sa bourse et sa propriété. Ce sont des titres, cela! Le paysan s'occupe-t-il seulement comment on a fait fortune? Ah ! bien oui ! Pour lui, quiconque s'est enrichi, même en grugeant les autres, est homme respectable. Il lui confie volontiers les affaires publiques.

On dit bien qu'au fond M. Maujars est orléaniste, comme tous les ventrus du reste, car le règne de Louis-Philippe fut le règne des gros bourgeois à grosse bedaine et à gros sacs d'écus.

Pourtant, il se rallia à l'empire comme ami de l'ordre, mais il rata la candidature officielle. Aussi, au 4 septembre, se proclama-t-il républicain. Il fallait l'entendre alors s'appeler un enfant de la révolution. Il parlait à tout propos, comme en 48, des sabots de son père, ces fameux sabots qu'il fourre soigneusement dans une armoire sous les monarchies et qu'il sort pompeusement les jours de république.

Ainsi, depuis l'échec de la République, qui ne put repousser les Prussiens avec les généraux de l'empire, on le voit tout doucement recacher ses sabots, redevenir un féroce ami de l'ordre, de la religion, de la famille, de la propriété, ah! de la propriété surtout.

Nous le verrons bientôt nous glisser une candidature orléaniste, si tant est que les paysans soient assez dupes pour redemander un roi.

Il y a encore le parti de M. Moutonnet,

le maire de Neubourg. Les malins l'appellent M. Moutonnet le bien nommé. Pourquoi? Parce qu'il est, lui et son parti, comme les moutons qui marchent à la queue leu-leu, toujours prêts à sauter où le premier a sauté.

Voici le discours qu'il nous tint le lendemain du 4 septembre, quand il proclama la République à Neubourg :

« Citoyens, ce matin j'étais impérialiste. Ce soir, je suis, j'ose le dire, le meilleur républicain de Neubourg. »

Et tous les moutons moutonnant de Neubourg de crier comme M. Moutonnet : « Nous sommes républicains, vive la République ! »

Puis il y a à Neubourg les gens comme le père Mathurin, l'adjoint de M. Moutonnet. Ceux-là n'ont d'autre opinion, d'autre baromètre politique que leur boursicaut. Le boursicaut est-il vide ? A bas le gouvernement ! Est-il plein ? Vive le gouvernement !

Le père Mathurin est un richard et un fin matois. Il a en effet assez bien mené sa barque. Il est en paysan ce qu'est M. Maujars en bourgeois, c'est-à-dire un franc égoïste ; on le dit même avare et usurier un tantinet.

Aussi, quoiqu'il ait de l'influence à cause de son argent et de sa langue assez bien pendue, il n'est guère aimé ni estimé à Neubourg, et même on le tourne un peu en dérision, parce que c'est un *glorieux* qui veut singer les bourgeois.

Enfin, il y a le parti des républicains, de ceux que les *honnêtes gens* appellent des braillards, des révolutionnaires, des Prussiens du dedans, les amis de Caboche et c'est tout dire.

Il faut bien reconnaître que, dans ce parti, on voit parfois des gens peu dignes d'estime, comme il y en a d'ailleurs dans tous les partis. Mais ceux-là sont plus excusables que les autres, car le pauvre peuple est ce qu'il peut être, quand il n'a reçu aucune éducation et qu'il ne mange pas toujours à sa faim, même en piochant du matin au soir. Or, la grande faute *des honnêtes gens*, c'est de confondre ensemble tous les républicains et de les considérer tous comme des rouges, des partageux qui veulent tout bouleverser et piller.

Dès qu'on annonça les élections au conseil municipal, M. Moutonnet, qui avait une terrible venette de perdre son écharpe, invita à dîner, par manière de corruption, tous les gros bonnets de Neubourg : M. le curé et son ami Cafardot, M. Maujars et son homme d'affaires, Renardet, un autre rusé qui servait bien son maître, mais qui le volait encore mieux, le père Mathurin, puis quelques propriétaires et riches cultivateurs, paysans ou bourgeois. Il fallait s'entendre, s'unir, pour enfoncer la liste républicaine. M. Maujars et le curé, qui ne peuvent se souffrir d'ordinaire, se donnent toujours la main quand il s'agit de se liguer contre Caboche.

Cependant, depuis le 4 septembre, les honnêtes gens de Neubourg ne me regardaient plus tout à fait comme un pestiféré. Le curé, lui-même, qui prêchait contre moi, daignait m'ôter son chapeau.

Quant au nouveau républicain Moutonnet, il m'appelait son ami gros comme le bras et me confiait les arbitrages de la commune. Toutefois il n'eût point osé m'inviter à dîner avec le curé et M. Maujars, des gens trop huppés pour Caboche. Mais comme il entre dans sa politique d'être bien avec tous les partis comme avec tous les gouvernements, il prit le prétexte d'un travail d'arpentage pour m'envoyer chercher au dessert.

C'était un coup monté : Ils s'étaient dit que je devais être bien peneux de ce qui se passait à Paris, et que je n'oserais plus maintenant soutenir la République. Ils pensaient du moins me mettre dans l'embarras et assurer ainsi devant la fine fleur de Neubourg le succès de ce qu'ils appelaient le parti de l'ordre.

Ah ! ils ne connaissaient pas encore bien ma caboche ! Vous allez voir comment ils furent pris dans leurs propres filets.

Dès en arrivant, je leur vis à tous un air narquois et des regards en dessous. Je devinai tout de suite qu'ils se disaient en eux-mêmes : c'est bon, nous le tenons. De

1.

sorte que lorsque M. Moutonnet m'offrit une tasse de café, je fus tenté de refuser. Mais bah ! leurs vilaines mines m'agaçaient, et je voulus tâter le fond du sac.

On ne tarda point à parler politique.

— Eh bien ! me dit le père Mathurin en se frottant les mains. Qu'en penses-tu maintenant de ta fameuse République ?

— Père Mathurin, j'en pense ce que j'en ai toujours pensé : la République est le seul gouvernement possible aujourd'hui, le seul raisonnable et juste, et sans contredit le plus économique et le plus honnête.

— Ah ! oui, le plus honnête surtout, reprit en ricanant le père Mathurin.

— Certainement, les comptes au moins s'y font au grand jour ; on ne peut tromper personne. Croyez-vous que, sous une république, il aurait pu se produire dans le budget de la guerre ces tromperies qui ont amené tous les malheurs de la France ?

— Que voulez-vous dire, ami Caboche ? fit M. Moutonnet.

— Ne savez-vous donc pas, monsieur Moutonnet, que chaque année votre empereur...

— Oh ! mon empereur !...

— Il n'y a pas si longtemps qu'à la fin de tous vos discours vous criiez : Vive l'empereur ! Eh bien, votre empereur, chaque année, tripotait si bien dans le budget de la guerre, qu'il s'y trouvait un gros déficit tant en hommes qu'en équipements et en armements. Or, vous le savez, ce sont ces déficits qui sont cause de nos défaites. Ah! c'est bien vous qui l'avez voulue, cette guerre!

— Nous l'avons voulue! s'écria le père Mathurin.

— Oui, repris-je, vous l'avez voulue, vous, père Mathurin; vous, monsieur le maire; vous, monsieur Maujars; vous, monsieur le curé, qui, lors du plébiscite, avez prêché le OUI sur tous les tons; vous surtout, monsieur le curé, qui, la veille du 4 septembre, disiez encore en chaire : Il n'y a que les malhonnêtes gens qui aient voté NON. Or, en votant OUI, vous donniez à l'empereur le droit de paix et de guerre : deux mois après il déclarait la guerre et commandait si bien, qu'en trois semaines, toute l'armée était prisonnière.

— Et vous donc, repartit le curé avec colère, vous osez bien soutenir la république. N'est-ce pas elle pourtant qui nous vaut les événements de Paris?

— Non, ce n'est pas elle, monsieur le curé, répondis-je avec calme ; ce qui nous vaut cette abomination de la désolation qu'on appelle la guerre civile, c'est encore vous et tous les vôtres qui vous êtes mis en quatre pour nommer à la Chambre des députés royalistes. Croyez-vous que Paris se fût révolté, surtout avec cette violence, contre une Chambre républicaine? Ah! messieurs les curés, malheureusement vous oubliez trop souvent, vous qui vous dites les représentants de Jésus-Christ, que Jésus-Christ a dit : Mon royaume n'est pas de ce monde.

A ces mots le curé devint pourpre et se leva menaçant.

— Auriez-vous la prétention, me dit-il d'une voix irritée, de nous apprendre l'Evangile ? Mais puisque vous raisonnez si bien, monsieur Caboche, je voudrais savoir comment vous vous y prenez, vous qui vous appelez un honnête homme, pour justifier l'odieuse insurrection de Paris.

— Oui, explique-toi, s'écria Cafardot, qui était d'ordinaire l'écho de M. le curé et tintait la même cloche.

— Toi qui disais, fit à son tour le père Mathurin, que le spectre rouge c'était des bêtises. Hein ! tu les vois à l'œuvre aujourd'hui, ces communistes, ces partageux. Un joli grabuge !

M. Maujars, qui jusqu'alors n'avait rien dit, se mit de la partie.

— C'est toujours la même histoire qui est au fond de toutes les révolutions : ôte-toi de là que je m'y mette.

Le fameux Renardet crut devoir appuyer son maître, et en sa qualité de voleur émérite, il cria plus fort que les autres:

— Des brigands, des voleurs, des paresseux qui trouvent plus commode de piller que de travailler.

Je laissai tranquillement passer cet ouragan. Je voyais leur *manigance*. Ils voulaient me faire sortir des gonds. Ah ! si j'avais pris le parti de la Commune, comme ils me perdaient dans l'esprit des gens paisibles de Neubourg !

— Voyons, Caboche, reprit plus tranquillement M. Moutonnet, es-tu oui ou non pour la Commune ?

Comme je l'ai dit tout à l'heure, cette petite comédie se passait la veille des élections municipales, et conséquemment avant l'horrible dénouement de l'insurrection parisienne. Dans nos campagnes, on croyait encore que cette révolution avait pour but unique la revendication des franchises communales. Aussi répondis-je :

— Eh ! messieurs, je ne vois pas trop en quoi mon humble opinion peut si fort vous intéresser. Une question, monsieur Moutonnet. N'y a-t-il pas près de dix-huit mois que vous avez voté les fonds pour un lavoir et une maison commune? Pourquoi attendez-vous encore l'autorisation de bâtir? Parce que M. le curé, et avec lui le député que vous avez nommé, voudraient une église au lieu d'une maison commune, et que, pour cela, ils intriguen à Paris, dans les ministères. Vous avez pourtant le plus pressant besoin d'une maison commune, car la vôtre tombe en ruines, et vous n'y avez pas même la place d'une école. Mais le ministre, tiraillé dans les deux sens, et qui ne connaît absolument rien à la question , vous laisse languir, et un de ces quatre matins la maison commune vous croûlera sur le dos. Voilà cependant l'effet de ce qu'on appelle la centralisation. Au lieu de cela, les franchises communales donneraient à chaque commune le droit de se gouverner elle-même, elle qui connaît ses besoins et ses ressources beaucoup mieux que les ministres. Du même coup, on supprimerait un tas de fonctionnaires plus nuisibles qu'utiles , et que vous payez grassement, pourquoi ? Pour entraver les affaires.

— Alors, s'écria le curé triomphant, vous êtes pour la Commune.

— Entendons-nous, je vous prie : je suis pour le gouvernement de la commune par la commune en tout ce qui touche à ses intérêts particuliers ; mais je suis pour un gouvernement unique et directeur pour tout ce qui tient aux intérêts généraux.

— Eh ! justement, s'écria Maujars à son tour, voilà ce que demande Paris. Vous approuvez la rébellion de Paris.

— Ah ! messieurs, répondis-je simplement, votre question est un piége. Néanmoins, j'y vais répondre en toute sincérité. Non, je désapprouve fortement Paris. Ce n'était pas d'ailleurs au lendemain d'une guerre si terrible qu'il fallait en recommencer une plus terrible encore. Seulement en examinant les causes de l'insurrection, on arrive à l'expliquer, et il faut absolument l'expliquer pour prévenir le retour de pareils désordres.

— Expliquer, c'est excuser, reprit le curé, excuser le meurtre, l'assassinat, le vol, le sacrilége, les prêtres emprisonnés, les églises profanées.

— Je vous demande pardon, monsieur le curé, je n'excuse aucune oppression, aucun abus de la force, je suis pour toutes les libertés, car je suis un vrai républicain. Je veux, moi, comme tous les vrais républicains, que tout le monde soit libre, même d'aller à la messe, même quand vous y prêchez.

— Non, non, reprit avec violence le père Mathurin, tu ressembles à tous les rouges, tu veux supprimer la religion comme en 93.

— Toi qui cries si fort, père Mathurin, répondis-je, contre les révolutions et les révolutionnaires, sais-tu seulement pourquoi ta vigne blanche qui fait ce fameux vin, dont tu tires tant vanité, s'appelle la Corvée ?

— Peu m'importe, elle est à moi et je ne la laisserai pas prendre par les partageux.

— Elle est à toi, oui, grâce à la grande révolution ; car autrefois ta vigne appartenait aux moines de l'abbaye dont on voit là-haut les ruines. En ce temps-là, c'étaient bien nous, les paysans qui la cultivions, et voilà justement pourquoi elle s'appelle la Corvée. Mais, pour le vin, ce n'était pas nous qui en goûtions; et sans la révolution, tu n'aurais jamais pu, père Mathurin, acheter même un petit coin de cette vigne, et ce seraient les bons moines qui boiraient encore ton bon vin. N'est-ce pas vrai, monsieur le curé? C'est ce temps-là que vous regrettez toujours, et que vous voudriez bien nous ramener.

— Et vous, repartit M. Maujars, ce que vous voulez nous ramener, ce sont les sanglants excès de 93.

— Voyons, monsieur Maujars, répliquai-je, toujours en souriant, et vous, monsieur Renardet, et vous, monsieur le curé, vous savez bien que 93 ne peut plus revenir en France. Le peuple des campagnes surtout ne souffre pas aujourd'hui ce qu'il souffrait avant 89. Tous les paysans possèdent un petit bien qu'ils chérissent aussi passionnément que le père Mathurin et M. Maujars leurs grands domaines. Aujourd'hui, il y a sans doute bien des injustices à réformer ; mais il n'y a plus ces excès de tyrannie, d'oppression d'une classe sur l'autre, excès qui avaient exaspéré nos pères de 89. Et puis aujourd'hui nous avons le suffrage universel pour demander des réformes. Nous n'avons plus besoin de recourir aux massacres.

— Mais, encore une fois, reprit le curé qui frappa du poing sur la table, que font-ils à Paris?

— Sans doute, ils commettent des excès, ils sont coupables, très coupables; mais il y a d'autres coupables, ce sont les royalistes forcenés et les entêtés de la droite, qui s'obstinent à repousser toutes leurs réclamations, dont quelques-unes pourtant sont légitimes. Tant que la bourgeoisie ne comprendra pas que le temps est venu pour elle de faire des concessions, au moins pour les questions d'impôts, elle s'expose aux colères de la classe qui travaille et qui souffre.

— Ah ! vous y voilà donc, fit le curé d'un air de triomphe. Nous vous l'avons fait avouer. C'est l'envie qui vous pousse aux révolutions.

— Tu aboules enfin, dit à son tour Mathurin.

— Il s'est coupé, dit Cafardot avec son œil de vipère et son sourire au vinaigre.

— Je ne me suis point coupé, monsieur Cafardot. Je ne dis certes pas que nous songions à prendre dans votre poche vos gros sous ou vos écus. Nous ne voulons qu'une plus équitable répartition des charges publiques, c'est-à-dire une réforme radicale dans les impôts.

Nous voulons que le pauvre ne paie rien ou presque plus rien, et que celui qui possède beaucoup, paie beaucoup plus à proportion; qu'on impose avant tout les objets de luxe et les capitaux ; que les objets de consommation, ceux surtout de première nécessité comme le sel, le vin ordinaire,

1...

etc., ne soient plus imposés. Nous voulons l'instruction gratuite, non pas seulement l'instruction que nos enfants reçoivent de vos frères ignorantins; mais nous demandons que l'instruction complète, qui fait réelle- ment la supériorité de l'homme et peut seule établir la véritable égalité, soit mise à la portée de tous, au moins de ceux qui montrent le plus d'intelligence. Aujourd'hui surtout que les classes bourgeoises, amollies par les excès, le bien-être et l'égoïsme, n'ont pu fournir à la France en péril aucune intelligence jeune et puissante pour la sauver, il est grand temps de relever la nation française en cherchant parmi le peuple d'autres forces, d'autres ressources. Certes, l'argent qu'on emploie à payer des sénateurs, des évêques, des archevêques, tous ces gros personnages inutiles, serait un peu mieux employé au budget de l'instruction publique.

— Ah ! comme on voit toujours percer votre haine pour la religion, riposta le curé. Dites-le donc, vous voudriez voir tous les prêtres, y compris les évêques et les archevêques, réduits au rôle de mendiants.

— Non pas, monsieur le curé, je ne demande pas même la suppression du budget des cultes ; je crois qu'il est bon pour le quart d'heure que la République vous tienne sous sa dépendance. Mais nos évêques seraient un peu plus pauvres, qu'en cela, du moins, ils ressembleraient davantage à Jésus-Christ, dont ils se disent les représentants. Et même, si vous étiez les fidèles disciples de votre maître, c'est vous qui seriez les communistes. Rappelez-vous que les apôtres, à l'exemple de Jésus, ne possédaient rien, et que les premiers chrétiens mettaient leurs biens en commun.

Aujourd'hui il vous faut des richesses ; bien plus, il faut un trône à votre pape : ce qui étonnerait bien Jésus-Christ, s'il revenait en ce monde. Ah ! s'il revenait, on ne le crucifierait pas sans doute, mais vous l'enverriez à Cayenne comme le plus dangereux des révolutionnaires et des partageux.

— Monsieur, ne blasphémez-pas ! reprit le curé, blême de fureur.

— Comment, monsieur le curé, c'est un blasphème de vous rappeler l'Evangile ?

— Oui, quand on l'interprète de cette façon. Jésus a dit : Rendez à César ce qui est à César. Donc ce n'était point un révolutionnaire, comme vous le prétendez.

— Par ces paroles, il est clair, dit Cafardot, que Jésus-Christ reconnaissait un roi.

— Et voilà pourquoi, reprit le curé, nous voulons un roi.

— Oui, ajouta Mathurin, nous voulons un roi, car il nous faut un maître. Dans une maison où tout le monde est maître, rien ne va. C'est la même chose dans le gouvernement.

— Il faut une autorité dans l'Etat, ajouta en se rengorgeant M. Moutonnet.

Tous les paysans présents opinèrent du bonnet, et M. Maujars dit :

— Autrement nous aurons toujours des révolutions.

Je ne pus m'empêcher de hausser les épaules.

— Eh ! certainement, répondis-je ; il faut une autorité. Mais la République prétend-elle gouverner sans une autorité ? Une république a toujours un chef ; seulement comme il importe d'avoir un bon chef, ne vaut-il pas mieux le choisir parmi les plus capables que de s'en remettre aveuglément au hasard de la naissance.

Quoi ! parce qu'un tel sera fils, neveu ou simplement cousin de roi, vous le prendriez pour chef, qu'il soit idiot, fou, débauché, ignorant des besoins du pays, qu'importe ? C'est tout simplement bête. Voilà précisément ce qui nous amène des guerres civiles et des révolutions. Car avec ce système, quand le peuple n'est plus content de son roi, il n'a qu'une ressource pour le remplacer, une révolution ; n'est-ce pas ce que nous voyons depuis 89? Depuis cette époque, un seul roi, Louis XVIII, a pu mourir sur le trône.

N'est-il pas mille fois plus simple d'adopter un gouvernement où l'on choisit son chef à l'élection ? Si l'on est content, on lui continue ses pouvoirs, et si l'on est mécontent, on le remercie tout simplement en ne votant pas pour lui. Cela me semble si simple, si simple, si juste et si raisonnable que je ne puis comprendre vraiment que cela ne tombe pas sous le sens de tout le monde.

— Sapristi ! oui, c'est bien simple, s'écria un paysan qui jusque-là n'avait pas dit un mot, et je ne sais pourquoi, sapristi ! on s'amuse à nous embrouiller la cervelle pour nous faire croire qu'il nous faut un roi, et que sans un roi nous sommes tous perdus.

Je vis le moment où le curé allait nous jeter sa calotte à la tête. Il ne pouvait plus parler, tant la colère le suffoquait.

— Mais toutes ces élections, repartit M. Maujars, troublent le pays. Nous voulons un roi, parce que la royauté c'est l'ordre, la stabilité, la concorde.

— Et moi j'ajouterai, dit le curé, parce que c'est le droit.

A ces mots je ne pus m'empêcher de rire.

— Oui, le droit divin, n'est-ce pas ?

— Eh bien ! oui, monsieur, le droit divin, répéta le curé d'un air de défi.

— Mais, monsieur le curé, où donc le pêchez-vous, ce droit divin ? Quand donc Dieu est-il venu dire aux hommes : Telle famille régnera sur le trône de France ; telle autre sur le trône d'Italie ; telle autre sur celui d'Autriche ? Où et quand Dieu a-t-il fait cette révélation ?

— Non pas Dieu, mais le pape, son représentant sur la terre et qui sacre les rois.

— Oui, mais vous nous permettrez de croire que le pape a pu se tromper, car il n'est infaillible que depuis fort peu de temps. Monsieur le curé, l'heure est passée où l'on pouvait faire avaler au peuple de pareilles couleuvres. Aujourd'hui tous les gens qui ont le sens commun savent qu'une nation n'est pas autre chose qu'une association, et que tous les citoyens qui la composent sont des associés qui se réunissent pour se garder, se secourir mutuellement, et voter ensemble les lois auxquelles ils doivent se soumettre.

Or, dans toute association, les associés ont le droit tout naturel de nommer leur gérant et leur conseil d'administration. Chez une nation, le conseil d'administration s'appelle Chambre, Assemblée nationale ; le gérant, roi ou président de la république. Et comme tous les hommes sont égaux devant Dieu, monsieur le curé, le plus humble des associés doit avoir les mêmes droits que le plus haut placé.

Mais dans votre ancien droit divin ce n'était point cela. Un individu, à la tête d'une armée, c'est presque toujours ainsi à l'origine, imposait, au nom de Dieu, son autorité à une nation sans seulement la consulter, et donnait comme loi divine sa volonté, quelque absurde et injuste qu'elle pût être. Heureusement que la grande révolution a changé tout cela.

Aujourd'hui nous pensons que le fils d'un paysan, s'il en a la capacité, a plus de droits pour gouverner qu'un fils de roi qui serait incapable.

— Mais avec une monarchie constitutionnelle, interrompit M. Maujars, on réunit les avantages de la stabilité résultant de l'hérédité, et de la capacité résultant de l'élection.

— Ah ! nous le savons, monsieur Maujars, quoique vous vous soyez dit républicain en septembre dernier, vous êtes au fond orléaniste.

— Eh bien ! quand je serais orléaniste, où serait le mal, si je pense que cette famille seule peut nous sauver?

— Non, s'écria impétueusement le curé, l'orléanisme, ce n'est pas un principe cela ; les d'Orléans sont des usurpateurs.

— Usurpateurs ! s'écria à son tour Mathurin, qui se leva pour se faire mieux écouter. Qu'est-ce que cela fait, s'ils sont capables ? Napoléon était un usurpateur, et néanmoins pendant vingt ans il nous a donné la prospérité.

— Non, reprit Maujars violemment, Napoléon était un misérable.

— Un gredin de la pire espèce, ajouta le curé, un incapable qui a plongé la France dans d'épouvantables revers.

— Bravo ! messieurs les royalistes, m'écriai-je à mon tour. Et vous dites que la royauté, c'est l'ordre, la paix, la concorde.

Vous êtes ici trois partisans de la royauté, et cependant vous ne pouvez vous entendre. M. Maujars veut le comte de Paris, M. le curé, Henri V, et Mathurin, son bien-aimé Bonaparte, sous lequel il vendait si bien son foin, son orge, son blé et ses fromages. Vous voyez donc bien qu'un roi, loin d'être la concorde, serait la guerre civile en permanence, et non-seulement la guerre civile, mais la guerre extérieure. Car il faut qu'un roi occupe et satisfasse les ambitions de cette armée qui le soutient ; il faut entretenir chez elle la tradition de la gloriole militaire et agrandir le domaine de sa dynastie. Parfois même, pour moins que cela encore, pour soutenir un parent couronné, pour des questions d'amour-propre, d'intérêt personnel, on voit les rois déclarer la guerre, conduire, comme des troupeaux de moutons à l'abattoir, les pauvres soldats, nos enfants, qui ne sont à leurs yeux que de la chair à canon. C'est pour des motifs de ce genre, que, par trois fois, nos rois ont livré la France aux horreurs de l'invasion. Vous parlez des partageux, ce sont eux qui nous les amènent, car les vrais partageux, ce sont les Prussiens qui pillent et saccagent nos maisons. Ces monarques ambitieux et sans entrailles s'inquiètent-ils de la désolation qu'ils jettent dans nos familles ? Non, pour eux, les cris, les larmes des pauvres ne sont rien. Et vous voulez que le peuple ne se lasse point, lui qui non-seulement paye plus d'impôts à proportion que les riches, mais encore est seul, sous les rois, à payer cet horrible impôt du sang?

En cet instant, je me sentis frapper sur l'épaule et j'entendis ces paroles :

— Tu as raison, Caboche.

Je me retournai. Je vis la voisine de Moutonnet qui était venue servir à table. C'était une femme de cinquante ans, à l'œil sombre, énergique, aux rides déjà profondes creusées par la souffrance et le dur labeur. Elle portait le deuil.

— Hélas oui, ma pauvre Françoise, j'ai raison ; mais il est trop tard pour toi et pour tes fils ; si l'on n'avait pas voté ce *oui*, qui accordait à l'un de ces malfaiteurs couronnés le droit de décider la guerre, tu aurais encore tes deux enfants.

— Ah ! le scélérat ! fit-elle avec un geste de menace.

Elle soupira et essuya une larme du coin de son tablier.

Cette larme et ce cri de douleur maternelle firent plus d'effet sur l'auditoire que tous mes discours. Le curé lui-même baissa le nez dans son assiette. Je profitai de ce silence pour continuer.

— Donc, vous le voyez, monsieur Maujars, la royauté, ce n'est ni la stabilité ni la paix ; c'est, au contraire, une source de guerres et de révolutions ; tandis que devant la majesté de la République, devant l'autorité de la nation entière, il n'est plus de révolution possible.

Voyez l'Amérique si calme et si prospère, voyez la Suisse qui, depuis cinq siècles est en république. Dans ces deux pays il ne s'élève pas une voix pour désirer un autre gouvernement. En France, au contraire, que de calamités, que de sang versé pour maintenir les rois malgré la volonté du peuple!

Et à quoi cela sert-il ? Par le fait, depuis la révolution de 89, le peuple français a élu et jeté à bas sept gouvernements. Mais pour les jeter à bas, il faut des révolutions ; au contraire, avec une bonne république une fois reconnue de tous et dûment proclamée, il suffirait, je le répète, d'un tour de scrutin, pour renvoyer le chef qui aurait démérité. Du moins ce changement tout pacifique ne coûterait pas de sang et n'ébranlerait pas toute la société. Voilà donc pourquoi je dis, au rebours de M. Maujars : la république seule :

C'est l'ordre, parce que c'est la justice ;

C'est la paix, parce qu'elle tend à tous les peuples une main fraternelle ;

C'est l'honnêteté, parce que c'est le contrôle sévère, la responsabilité;

C'est le bonheur, parce que c'est la liberté;

C'est la prospérité, parce que surtout c'est l'économie.

Faites donc le calcul de tout ce que

coûte un roi : liste civile, dotation aux membres de la famille royale, produit des châteaux royaux et domaines de la couronne, entretien et immobilisation de ces châteaux ; on a calculé que la vente seule de ces domaines suffirait à payer l'indemnité de cinq milliards. Puis les gros traitements, les faveurs, les créatures qu'il faut placer et payer ; puis l'entretien d'un Sénat, d'une police considérable, d'une armée permanente, d'une garde impériale, etc., etc. Toutes ces dépenses qu'entraîne une royauté peuvent atteindre d'après des calculs consciencieux, la somme énorme de 7 à 8 cents millions par an. En nous privant d'un roi, ce serait donc une économie qui n'est pas à dédaigner dans l'affreuse situation financière que ces rois nous ont faite.

Aussi, je dis, je répète et je répèterai jusqu'à ma mort que tous les pères, toutes les mères de famille, tous les vrais patriotes, tous les vrais honnêtes gens devraient crier avec moi : Vive la République !

J'osai élever mon verre, mais bien entendu aucun verre ne s'éleva pour trinquer avec l'abominable Caboche.

Tout à coup, cependant, je vis la Françoise qui, sans se gêner, prit le verre de Cafardot, et, d'un geste superbe, le tendit au mien.

— Oui, cria-t-elle, vive la République ! car je t'ai écouté, Caboche, et je dis que

tu as cent fois raison, et qu'il faut être
aveugle ou de mauvaise foi pour ne point
reconnaître que c'est la vérité.

Je remarquai en cet instant que M. le
curé jetait à M. Moutonnet un regard sévère qui voulait dire : Comment laissez-
vous votre servante parler ainsi devant le
monde ?

Alors, M. Moutonnet dit à la Françoise :

— Voyons, Françoise, laissez-nous.

— Ah ! dis-je, la vérité ne l'emportera
définitivement que lorsque les femmes
viendront à notre aide. Si elles sont plus
terribles que nous dans le mal, elles sont
aussi plus dévouées et plus ardentes pour
le bien. Et si une fois, dis-je en regardant
malignement M. le curé, elles parvien-
nent à descendre des genoux de l'Eglise,
elles montreront un esprit plus juste et
plus prompt à saisir les vérités. Merci,
Françoise, d'avoir osé me soutenir devant
tout le monde.

Mais il me vint un autre appui sur lequel je ne comptais guère, c'était le beau-
père de M. Moutonnet, qu'on appelle à
Neubourg le père Sergent.

C'est un soldat du premier empire, un
vieux de la vieille, comme on dit, un dur-
à-cuire, qui a fait toutes les campagnes
du Ier Napoléon. Il entra dans la salle à
manger au moment où la Françoise en sor-
tait. On le regardait comme en enfance,
car il avait plus de quatre-vingts ans.

Il s'arrêta un instant sur le seuil de la porte.

Il portait encore à sa boutonnière la médaille de Sainte-Hélène.

Il se tenait raide comme une baïonnette, et frappait avec son bâton des coups secs sur le plancher.

Ses grandes moustaches blanches descendaient jusque sur sa poitrine.

Il était pâle et son œil terne paraissait blanc.

On eût dit un revenant de la grande armée.

— Venez, venez, père Sergent, s'écria en le voyant le père Mathurin, venez trinquer avec nous et boire à la santé de notre empereur.

Le père Sergent s'avança.

Arrivé au milieu de la salle à manger, il s'arrêta, regarda tout le monde, frappa encore le plancher de son bâton et lentement il dit :

— L'empereur, il est mort et bien mort. Tu avais raison, Caboche, celui qui a pris son nom était un intrigant, un aventurier. Mais il n'y a plus de Bonaparte. A présent, je suis républicain comme toi, Caboche.

Pour dire ces paroles, le père Sergent, qui était bien le vieux grognard le plus têtu du pays, avait dû faire un si grand effort que maintenant il ne pouvait quasi plus se tenir sur ses jambes.

Moi, je me sentais fort ému du grand

courage qu'il lui avait fallu pour renier son idole et pour me donner raison à moi qui l'avais toujours combattu.

Aussi je courus vers lui pour le soutenir et lui donner une chaise.

— Allons, il radote, fit assez haut M. Moutonnet.

Mais tout à coup le vieillard se redressa.

— Oui, Caboche, je suis maintenant républicain comme toi, et, Dieu merci ! je ne radote pas encore. La patrie, vois-tu, c'est la patrie ; elle avant tout. Si nous aimions tant notre empereur, c'est qu'il était l'orgueil, la gloire de la patrie. Mais ce'ui qui a signé la capitu'ation de Sedan, qui s'est rendu avec 100,000 hommes, avec les canons et les drapeaux de la France, celui-là, c'est la honte de la patrie, et je le maudis ! Infamie ! trahison ! Quand j'y pense, tout mon vieux sang me monte à la tête. Je vois rouge ; il me semble que je deviens fou. Mille millions de tonnerres ! j'ai eu la honte de voir cela, et je n'en suis pas mort. Mille canons ! mille tempêtes !

— Voyons, dit le curé, calmez-vous, père Sergent, calmez-vous !

— Me calmer, non c'est impossible. Ecoutez : j'étais un jour de l'été dernier assis là devant cette fenêtre. Je fumais tranquillement ma bouffarde, quand tout à coup on vint me dire que les Prussiens entraient en France. Tout d'abord, sans songer à mes quatre-vingts ans, je saute à mon fusil. Une habitude, un tic, quoi ! toutes les fois que j'entends parler des ennemis de la France. Puis tout à coup la réflexion m'est venue et je me suis dit en moi-même : Si c'est vrai, laissons-les faire, ils n'y sont pas pour longtemps, l'empereur est là ; car dans ma pensée celui-là et l'autre étaient toujours confondus. Mais point. Ces chiens d'Allemands entraient toujours et nous rossaient de tous les côtés à la fois. Ils pillaient, ravageaient, saccageaient, et on les laissait faire.

En entendant raconter ce qui se passait, je me sentais devenir enragé. Je me rappelais nos batailles à nous : Eylau, Leipsig, Austerlitz, où je les avais vus fuir comme des potées de souris, dès qu'ils apercevaient le bout de nos baïonnettes. Et maintenant c'était nous qui nous sauvions. Eh bien ! mes enfants, savez-vous pourquoi, c'est que nous n'avions plus de Napoléon. A présent, c'est moi qui vous le dis : il vaudrait mieux qu'il n'eût jamais existé. Que nous reste-t-il de tant de gloire et de conquêtes ? Une colonne qu'on vient d'abattre, tandis qu'eux en feront une avec nos canons. Car aujourd'hui ils se vengent. Ah ! une vengeance terrible et une honte que jamais, jamais, entendez-vous, nous ne pourrons laver.

— Eh ! père Sergent, fit Mathurin, il n'y a que l'empereur qui pourrait encore nous tirer de là.

— Lui ! le lâche ! les Français le nom-
meraient encore ! Non, non ; arrière, vil
galopin, qui as osé te fourrer dans l'auréole
de ton oncle, arrière, sacripant, qui es
venu salir un nom que nous avions cou-
vert de gloire, arrière, traître infâme,
arrière, et vive la république, la sainte
république qui , seule , peut nous sauver
de l'ignominie et réparer nos désastres !

A mesure qu'il parlait, le père Sergent
semblait grandir encore; son œil pâle lan-
çait des éclairs ; il était superbe, le vieux
brave, dans sa sainte colère. Tout le monde le regardait avec respect, presque avec
crainte.

Quand il eut fini, il vint s'asseoir à côté
de moi, et je vis deux larmes rouler sur
ses joues sillonnées et se perdre dans ses
grandes moustaches.

C'était un dernier regret pour l'empereur, sa vieille idole qu'il venait de bri-
ser.

— Vous l'avez entendu, dis-je à mon
tour, voilà où conduit l'ambition des rois
et cet amour des conquêtes : à la guerre, à
la ruine, à la honte ; et quelle ruine !
quelle honte ! Ce n'est pas de vingt ans
que notre malheureux pays pourra se relever.

M. Moutonnet, voyant l'embarras de ses
convives, ne trouva rien de mieux que de
lever la séance.

— Messieurs, dit-il, on vote dimanche,
nous nous retrouverons au scrutin.

— Oui, messieurs, dit le curé en mettant sa calotte, c'est là que se reconnaîtront les braves gens.

— Et qu'ils se compteront, ajouta M. Maujars en donnant une poignée de main aux paysans qui se trouvaient là.

— Nous verrons bien, fit Renardet en me lançant un regard de défi.

— Espérons, dit à son tour Cafardot, qu'avec l'aide de Dieu nous l'emporterons.

— Tu auras beau te démener, Caboche, fit Mathurin en me donnant un coup de poing dans l'estomac, par manière de plaisanterie, c'est nous qui triompherons.

Pour moi je ne dis rien, je me contentai de rire dans ma barbe, car les paysans de Neubourg avaient confiance en moi qui étais un des leurs, tandis qu'ils se défiaient des ventrus et leur promettaient leurs voix avec la ferme intention de ne pas les leur donner.

Voici ce qui arriva :

Le dîner de M. Moutonnet fit grand bruit dans Neubourg. On dégoisa, comme bien vous pensez, et sur la colère du curé et sur le renfoncement que le père Sergent avait donné à l'empereur bien aimé du père Mathurin, et sur les bravades de Françoise, et sur les mauvaises raisons des royalistes. Si bien que cette conversation, au lieu de tourner à leur profit, tourna contre eux.

La liste des ventrus obtint 47 voix sur

35 votants, et la liste des républicains, dite la liste de Caboche, 188.

Aussi il fallait voir le lendemain comme ils portaient l'oreille basse.

M. le curé se vengea en prêchant conre moi. Les dévotes, à présent, font un s igne de croix quand elles passent à côté de ce satané Caboche.

Quant à M. Moutonnet, il va perdre son écharpe ; on dit qu'il en a pris la jaunisse.

Ainsi donc, chers amis les paysans, la moralité de mon histoire, la voici :

C'est que vous ne pouvez vouloir d'aure gouvernement que la République, parce que la République est le gouvernement du peuple, c'est-à-dire que vous êtes vous-mêmes votre souverain. C'est vous qui faites vos propres affaires par l'entremise de vos représentants, soit conseillers municipaux, soit conseillers généraux, soit députés. Aussi l'essentiel pour vous, c'est de les bien choisir.

Vous voyez où vous a conduits votre adoration pour un nom funeste qui représentait la gloriole militaire, mais en même temps l'oppression, le carnage, l'injustice. Si vous lisiez l'histoire des temps passés, vous verriez que. dans tous les temps et dans tous les pays, la royauté a valu aux peuples les mêmes infortunes. Les ennemis de la République parlent des excès de 93 ; mais il n'est pas d'excès commis par le peuple dans ses jours de grandes colères, il n'est pas d'injustices, d'abominations que les rois et même les papes n'aient cent fois surpassés.

On frémit quand on se rappelle les innombrables victimes de la Bastille et de l'Inquisition, les séquestrations, les empoisonnements, les oubliettes, la disparition en un mot de tous ceux qui gênaient les rois et leurs courtisans. Puis les massacres religieux, la terreur blanche, les coups d'Etat et leurs mitraillades, enfin toutes les iniquités des despotes, ivres de pouvoir et livrés sans frein à leurs fantaisies ou à leurs vengeances.

Donc, il n'y a qu'un moyen de prévenir de tels malheurs, de telles iniquités, c'est d'abolir à jamais la royauté, en éloignant du gouvernement les monarchistes.

Comme il faut aussi réparer nos désastres financiers à force de sagesse et d'économie, nous devrons charger de nos affaires des hommes qui sachent calculer.

Car je vous l'ai dit en commençant, le gouvernement, c'est avant tout une affaire commerciale, une règle d'arithmétique. Il s'agit de faire les comptes du peuple et de régler sagement ses dépenses.

Il faut se dire : nous payons tant ; voyons pour la somme quels services on nous rend. Ne nous vole-t-on pas ? Et à quoi nos fonds sont-ils employés ?

C'est ce que ne faisaient guère les députés choisis par l'empereur. Comprenez donc qu'en ce temps-là c'était le gouvernement qui disait au peuple : Vous nommerez tel ou tel pour me surveiller. Vous pensez bien qu'il ne choisissait pas des gens qui auraient pu l'embarrasser, mais des complaisants qui fermaient les yeux sur ses gabegies. Aussi était-ce un pillage mieux organisé que celui des Prussiens. C'était à qui empocherait le plus et travaillerait le moins. Il faut aujourd'hui que nos hommes d'Etat fassent le contraire. Cherchons donc des hommes qui parlent peu, qui agissent beaucoup, des hommes surtout qui aiment le peuple et travaillent de toutes leurs forces à son émancipation, par l'instruction et le bien-être, des hommes qui veuillent sincèrement la liberté, la justice et avec elles, l'ordre et la paix. De vrais et honnêtes républicains en un mot ; car sachez-le bien, vous n'aurez l'ordre et la paix à jamais que lorsque vous aurez fondé la République et réalisé la grande devise de nos pères de 89 :

Liberté, Egalité, Fraternité.

Votre frère et ami,

JEAN CABOCHE.

Paris.—Imp. DUBUISSON et Cⁱᵉ, rue Coq-Héron, 8

EN VENTE CHEZ LE MÊME EDITEUR

OUVRAGES DE M.-L. GAGNEUR

La Croisade noire, 1 vol. gr. in-18.   2 »

Le Calvaire des femmes, 1ʳᵉ par-
tie : *Les Pécheresses,* 1 vol. gr. in-18.   2 »

2ᵉ partie : *Les Réprouvées,* 1 vol. gr. in-18.   2 »

Un drame électoral, 1 vol. gr.
in-18 . . . .   1 »

Paris. — Imp. Émile Voitelain et Cᵉ, 64, rue J.-J.-Rousseau.